20 Kurzgeschichten

Geschrieben von

Martin Lundqvist

20 Kurzgeschichten

All images are taken from Pixabay.com.

Attributions (Pixabay tag), in order of appearance, below

Train (Harald_Landsrath)
Assassin (Victoria_Borodinova)
Margarita (Alexas_Fotos)
Cemetery (darksouls1)
Cat & Phone (Clker-Free-Vector-Images)
Old Lady(Clker-Free-Vector-Images)
Black cat (christels)
Library (Pexels)
Couple (Pexels)
Credit Card (Republica)
No Cube (ulleo)
Dragon (garfild012)
Chainmail: LadyEarlene
Bride (maya_7966)
Fire Alarm (rgaudet17)
Tennis Match (Pexels)
Fat Buddha (Josch13)
Clown (Couleur)
Trophy (arembowski)
Laundromat (RyanMcGuire)
Piano (Pexels)
Money (Maklay62)
Maldives (romaneau)
Figurine (Sollien)
Lake Titicaca (fransoopatrick)
Temple (pexels)
Veil (Couleur)
Lab (skeeze)
Iris (KELLEPICS)
Clones (ErikHowle)
Breakfast (StockSnap)
Gnome (stux)
Bazaar (Pexels)
Mount Cook (Kewl)
Drugs (dertrick)

Cowboy (Wadams)
Coffee Machine (Pexels)
herring (mp1746)
Masked man (SamWilliamsPhoto)
Botanical gardens (79997)
Angel (Pixel2013)
Fading Away (Durer_Imon)
Man with pistol (SamWilliamsPhoto)
Chinese woman (cuncon)
Chinese Soldier (PublicDomainPictures)
Biohazard (anjawbk)
Mercedes (Peasa)
Gaia (darksouls1)
Baby (PublicDomainPictures)
Timer (epicioci)
Bushfire (sippakorn)
Cockatoo (Holgi)
Girl (langll)
Knife (Twighlightzone)
Santa (ArtsyBee)
Elf (Sipa)
North Pole (WikiImages)
Nun(TheDigitalArtist)
Sex (Victoria_Borodinova)
Demon (darksouls1)
Saint (pixel2013)
Crying woman (Victoria_Borodinova)
Nun (GDJ)
Contraceptives (GabiSanda)
Man (pornfree)
Jenga (Zaimful)
Rough Woman (MadalinCalita)
No (GDJ)
Pies (dancepool)
Casket (carolynabooth)
Sad Woman(JerzyGorecki)
Jack in a box (ErikaWittlieb)
Man in facemask (DanielTwal)
Cat (Sbringser)
Bag (Pexels)

Mord im Ghan.

Ich war mit dem Ghan unterwegs, dem luxuriösen Nachtzug, der Australien von Adelaide nach Darwin durchquert. Für die meisten Menschen ist es eine fantastische Möglichkeit, das australische Outback zu erleben, doch für mich bedeutete es etwas anderes. Ich war hier in einer wichtigen Mission unterwegs.

Ich bin Samantha Nyamwasa und die einzige aus meiner Familie, die den Völkermord in Ruanda 1994 überlebt hat. Ich reiste in diesem Zug, um Patrick Bagosora zu töten, den Mann, der meine Familie ermordet und sich durch seinen Aufenthalt in Australien unter falscher Identität der Justiz entzogen hat. Ich leerte mein Glas im luxuriösen Restaurantwagen und sagte meinem Mann Jakob, dass ich auf die Toilette müsse. Das stimmte nicht, denn ich hatte etwas viel Wichtigeres zu tun. Es war höchste Zeit, dass Patrick Bagosora zur Rechenschaft gezogen wurde.

Ich veröffentlichte mein umfassendes Protokoll über Patricks Verbrechen und holte

die Waffe ab, die ich illegal erstanden hatte. Danach schaltete ich eine Live-Videoübertragung im Internet und ging zu Patricks Kabine. Ich öffnete die Tür und erschoss den Mann, der meine Familie ermordet hatte, und übertrug den Mord online. Jakob sah mich und kam auf mich zu gerannt.

„Samantha, was hast du gemacht?"
„Ich habe es getan!"
„Du hast was getan?"
„Ich habe Patrick getötet."
„Aber warum? Hast du den Verstand verloren?"
„Nein, er hat meine Familie umgebracht. Ich kann keine Kinder bekommen und meine Familie endet mit mir. Es war meine Entscheidung."
„Und wie geht es jetzt weiter?"
„Ich werde tun, was Patrick hätte tun sollen. Ich werde mich meinen Verbrechen stellen und meine Strafe auf mich nehmen."

Kurz darauf hielt der Zug in Alice Springs an, und die Polizei verhaftete mich. Einige Tage später erreichte mich eine erfreuliche Nachricht. Die Autopsie ergab, dass Patrick Bagosora bereits viele Stunden, bevor ich ihn erschossen hatte, verstorben war. Jemand hatte Patrick in der Nacht zuvor vergiftet.

Das Gericht erhob nur Anklage gegen mich wegen Schändung einer Leiche und unrechtmäßigen Waffenbesitzes. Da mein Fall so außergewöhnlich war, fand das Gerichtsverfahren internationale Beachtung, und ich nutzte diese Gelegenheit, um über die Geschichte meiner Familie zu berichten und die Welt an das Leid meiner Landsleute in Ruanda zu erinnern.

Ein Jahr später wurde ich aus der Haft entlassen und ich tat etwas, das längst überfällig war. Ich kehrte nach Ruanda zurück, um das Grab meiner Familie zu besuchen, das sich auf einem wunderschönen Friedhof befand.

> „Ich habe es getan! Ich habe den Mann getötet, der euch ermordet hat, und die Welt an die Leiden unseres Volkes erinnert. Ich habe den perfekten Mord begangen.

Ich kniete mich an das Grab und hoffte, dass die Seelen meiner Vorfahren mich hören würden und sprach: „Ich habe es getan! Ich habe den Mann getötet, der euch ermordet hat, und die Welt an die Leiden unseres Volkes erinnert. Ich habe den perfekten Mord begangen. Ich habe den zweiten Mord an Patrick Bagosora gestanden, was wiederum die Polizei davon überzeugt hat, dass ich nicht diejenige war, die ihn tatsächlich getötet hat. In Wirklichkeit war ich es. Ich habe ihm in der Nacht, in der er starb, ein Glas mit einem Zyanid versetztem Margarita bringen lassen. Er hat es nicht kommen sehen, und die Ermittler auch nicht", sagte ich und lächelte.

Ich entspannte mich auf dem schönen Friedhof und beobachtete den Sonnenuntergang. Ich war erleichtert, dass ich den perfekten Mord begangen und endlich inneren Frieden gefunden hatte.

Neugier rettete die Katze.

Ich bin ein achtjähriger kastrierter Kater. Meine Mitbewohnerin nennt mich Eden, aber ich bevorzuge den Namen Schachbrett, denn ich bin eine schwarzweiße Katze mit einem schachbrettartigen Muster auf meinem Fell. Meine Mitbewohnerin heißt Angela, aber ich nenne sie Graumähne, denn sie ist ein älterer Mensch mit langen grauen Haaren. Graumähne und ich sind seit Jahren befreundet, sie versorgt mich mit leckerem Futter und gibt mir Unterschlupf, und im Gegenzug leiste ich ihr Gesellschaft, da sie sehr einsam zu sein scheint. Ich führe ein langweiliges, aber einfaches Leben.

Heute habe ich versucht, sie aufzuwecken, wie ich es immer tue. Aber etwas war anders. Sie war kalt und bewegte sich nicht. Ich kannte den Zustand von Mäusen, die ich töte, aber nicht esse, denn Graumähne gibt mir viel besseres Futter. Mein menschlicher Mitbewohner war tot. Ich war traurig wegen ihres Todes, aber vor allem war ich besorgt. Was würde mit meinem bequemen Leben geschehen, und wie würde ich Nahrung finden? Ich

habe gelegentlich Wildkatzen gesehen. Sie führen ein erbärmliches Leben und kämpfen ständig um Nahrung und Territorium. Wie würde ich unter solchen Umständen überleben?

Ich wusste, dass ich einen neuen Menschen finden musste, aber es war ein riskanter Schritt. Falls die Menschen mich nicht mochten, würden sie mich einsperren und töten. Aber wenn ich versuchte würde, allein zu leben, würde ich verhungern und wahrscheinlich von den rauen Wildkatzen in der Nachbarschaft umgebracht werden. Also schmiedete ich einen Plan. Wenn ich anderen Leuten erzählen könnte, was mit Angela passiert ist, wäre ich ein Held und sie würden mich aufnehmen.

Ich fand Angelas Telefon. Ich habe gesehen, wie sie damit gesprochen hat, also könnte ich es wohl auch einmal versuchen. Ich miaute eine halbe Stunde lang in das Telefon, aber es passierte nichts. Mir wurde klar, dass ich die Wohnung verlassen musste, um Hilfe zu finden. Ich wohne im zweiten Stock, aber das Fenster war offen, also sprang ich hinaus. Als ich im Erdgeschoss ankam, erblickte ich den hiesigen Waschsalon. Ich dachte: „Vielleicht kommt jemand, wenn ich den Knopf drücke?" Ich wusste, dass es schwierig sein würde, den Knopf zu drücken, und so sprang ich kopfüber in den Knopf, um genug Kraft zu haben. Die Maschine startete und machte ein Geräusch. Das Geräusch erregte die Aufmerksamkeit der Waschfrau. Sie kam die Treppe herunter und sagte: „Oh, bist du nicht Angelas Katze?" „Miau miau", antwortete ich (ich hasse meine eingeschränkte Sprachfähigkeit). „Ist Angela etwas passiert?", fragte sie. „Miau miau", antwortete ich und zeigte ihr den Weg zu Angelas Wohnung.

Zum Glück verstand sie mich und folgte mir zur Wohnungstür. Ich schenkte ihr mein aufgeregtestes Miau, und sie klopfte mehrmals an die Tür. Schließlich benutzte sie den Ersatzschlüssel, den Angela ihr gegeben hatte, ging hinein und fand Angelas Leiche. Die Putzfrau namens Helen

war nett und ließ mich in ihrer Wohnung bleiben. Sie besaß ebenfalls eine Katze, so dass ich jetzt eine Katzenfreundin habe, obwohl ich manchmal immer noch meine liebe alte menschliche Angela vermisse.

100 Tinder-Dates.

„Sex und andere körperliche Bedürfnisse." Ich sah mir das Buch an, das mein vermeintliches Tinder-Date las. Ich war überrascht, als sie vorschlug, mich in der Bibliothek zu treffen. Aber ich war hier. Dem Buch nach zu urteilen, welches sie gerade las, könnte dies eine verheißungsvolle Begegnung werden!

„Emma?", fragte ich, und sie legte das Buch weg und lächelte mich an.
„Hallo. Du musst Geoffrey sein." antwortete Emma.
„Ja. Sehr interessante Buchauswahl!" sagte ich und zwinkerte ihr zu.
„In diesem Buch stecken tatsächlich viele verborgene Dinge, die einem die Ohren schlackern lassen", sagte Emma verführerisch.
„Ohren? Was meinst du damit?", sagte ich und biss mir auf die Zunge, weil ich zugelassen hatte, dass meine Unwissenheit

die Richtung dieses vielversprechenden Gesprächs änderte.
„Wie, wenn einem die Kinnlade runterklappt. Bildlich gesprochen natürlich", sagte Emma.
„Ja, klar. Scheinbar sind Bibliotheken ganz gut geeignet, um Dinge zu lernen. Da bin ich noch nicht einmal eine Minute hier und habe schon etwas Neues gelernt", sagte ich und lächelte.
„Stell dir vor, was ein paar Stunden hier mit mir mit dir machen würden. Aus dir würde ein ganz neuer Mensch werden", sagte Emma aufgeregt.

Ich dachte über Emmas Aussage nach. Ich wollte unbedingt ein neuer Mensch werden, und sie schien mir eine geeignete Lehrerin zu sein. Ich lächelte und sagte:
„Wie wäre es mit einem Kaffee in dem Café im oberen Stockwerk? So sehr ich Bücher auch liebe, gemeinsames Lesen ist

nicht gerade geeignet für ein erstes Date."
„Oh, du bist ganz offenbar noch nicht mit
mir ausgegangen. Gemeinsames Lesen
kann einen Abend erstaunlich interessant
machen. Aber ich bin auch mit einem Kaffee zufrieden", sagte Emma und lächelte.

Wir gingen nach oben, und ich ging zum
Tresen, um zwei Cappuccinos zu bestellen.
Als ich bezahlen wollte, wurde mir plötzlich bewusst, dass ich gar kein Bargeld
bei mir hatte. Außerdem hatte ich keine
Ahnung, auf welcher meiner 24 Kredit-
karten ich überhaupt noch Guthaben
hatte. Ich hatte darüber nachgedacht, die
verdammten Karten zu zerschneiden,
um mit dieser ew-
igen Verschuldung
endlich Schluss
zu machen. Aber
ich brauchte die
Karten, um meine
gesellschaftliche
Stellung zu verdeut-
lichen. Die Kartenzahlungen wurden mehrmals abgewiesen, und ich geriet bei dem
Versuch, die richtige Karte zu finden, in
Panik. Verdammt, dieses Tinder-Date ent-
puppte sich als Kopie des Dates von letzter
Woche!

> Ich war zwar ein erfolgreicher
> Anwalt, trotzdem hatte ich nach
> 100 aufeinanderfolgende Tin-
> der-Dates kein einziges Mal Sex
> gehabt!

Schließlich gab Emma der Kassiererin ein-
en Zehn-Dollar-Schein und grinste mich
an, als wir mit unserem Kaffee zum Tisch
gingen. Leider wurde
unser Gespräch durch
den Verkehrslärm
und mein vibrieren-
des Telefon gedämpft.
„Lass dich nicht von
mir stören, geh an dein
Telefon", schlug Emma
vor.

Zögernd nahm ich den Anruf entgegen.
„Wie war dein Date?", fragte Martin, mein
Schriftstellerfreund.
„Ich bin noch mittendrin", antwortete ich.
„Oh, dann störe ich dich besser nicht", ant-
wortete Martin und legte auf.
„Ach was!", dachte ich und drehte mich
um, um mit Emma zu sprechen.

Emma war weg! Sie muss sich während
meines Anrufs weggeschlichen haben! Ich
weinte innerlich. Ich war zwar ein erfolgreicher Anwalt, trotzdem hatte ich nach
100 aufeinanderfolgende Tinder-Dates
kein einziges Mal Sex gehabt!

Eine märchenhafte Hochzeit.

Die Luft war erfüllt von Rauch und Vorfreude. Mein bester Freund heiratete und es gab nur eine Art das zu zelebrieren: Feiern wie im Sommer 1969.

Ich sah meine Notizen durch. Ich sollte eine Rede halten, konnte mich aber nicht entscheiden, was ich sagen wollte. Mein Freund und ich beleidigen uns schon manchmal ziemlich heftig, aber da Außenstehende unseren Sinn für Humor vielleicht nicht verstehen, musste ich das Ganze im Gleichgewicht halten.

Die sexy Schwester meines Freundes, die auch seine Braut war, raunte mir sinnlich zu: „Hast du für die Hochzeit irgendwelche Morde oder Hinrichtungen geplant?" Ja, die Hochzeit fand in Westeros statt!

Ich wusste nicht, wie ich antworten sollte. Sollte ich meinen Plan verraten, dass ich den König vergiften und die Kontrolle über das Königreich übernehmen wollte, oder sollte ich mich zurückhalten? Ich beschloss, meinen Plan zu verraten, und ließ ihn wie einen Witz klingen. „Nichts Besonderes, Danielle. Ich wollte nur etwas Drachenwurz in den Kelch des Königs geben, um die Party anzuheizen", sagte ich und lachte. „Oh, das würde ich gerne sehen", antwortete Danielle und zwinkerte, bevor sie wegging, um sich mit einigen anderen Gäste zu unterhalten.

Das heikle an Scherzen über einen Königsmord ist, dass man erst dann weiß, ob die Leute einen unterstützen oder nicht, wenn man es versucht hat. Aber eines kann ich sagen: Märchenhochzeiten sind unglaublich stressig!

Wenn ich auf der Erde bin, höre ich Frauen oft darüber sprechen, dass sie sich eine Märchenhochzeit wünschen. Dabei wissen sie nicht, wovon sie reden. Ich habe bereits an zehn Märchenhochzeiten teilgenommen, und bei acht von ihnen gab es Tote. Königsmorde, Drachenangriffe, zornige Feen und rachsüchtige Götter. Es ist ein Wunder, dass ich noch am Leben bin!

Ich habe auch mehrere Hochzeiten in der realen Welt besucht. Das Schlimmste was ich da erlebt habe, war, dass jemand mit dem Knöchel umgeknickt ist. Das lässt sich leicht mit einem Eisbeutel beheben. Auf jeden Fall weniger beängstigend als Morgor der Rote Drache!

Apropos Morgor, habe ich da etwa Rauch gerochen? Ich geriet in Panik, weil ich weder mein Schwert noch meinen Zauberstab mitgebracht hatte. Dann wurde mir klar, dass ich mich in der realen Welt befand. Der Rauch kam von einem kleinen Küchenbrand, und jemand hatte vorsichtshalber den Feueralarmknopf gedrückt.

> Königsmorde, Drachenangriffe, zornige Feen und rachsüchtige Götter. Es ist ein Wunder, dass ich noch am Leben bin!

Als der Feueralarm ausgelöst wurde, musste wir in den eisigen Regen hinaus gehen. Sandra, die echte Braut meines Freundes, war verärgert und weinte, weil ihr Kleid ruiniert war. Sie schimpfte mit meinem Freund Brian wegen des Regens. „Ich habe von einer Märchenhochzeit geträumt, und das habe ich von dir bekommen", rief Sandra aus. „Vive Silencia Noctis", sagte ich und stellte fest, dass der Stillezauber in der realen Welt nicht funktionierte.

„Was?", fragte Sandra.

„Wenigstens ist niemand gestorben", sagte ich mit einer beruhigenden Stimme. „Ich fasse es nicht, dass Brian dich zu seinem Trauzeugen gemacht hat", sagte Sandra und stürmte davon.

Schließlich wurde das Feuer gelöscht und wir kehrten zum Veranstaltungsort zurück. Als wir hereinkamen, kam Brian auf mich zu: „Du hast Noctis einen Ton zu hoch ausgesprochen", sagte er mit enttäuschter Stimme und kehrte zu seiner Braut zurück.

Ein Tennisspiel auf Spitzenniveau.

„**V**olltreffer!", rief ich aus, als mein perfekt gespielter Tennisball die Grundlinie außerhalb der Reichweite meines Gegners Sebastian berührte.

„Ach halt die Klappe, das war ein reiner Zufall", erwiderte Sebastian grinsend. Ich dachte über Sebastians Aussage nach. Es gab während des gesamten Tennisspiels 11 gute Schläge, und wir hatten zwei Stunden am Stück gespielt. Zum Glück hatte ich den Überblick über die schlechten Schläge verloren, anderenfalls würde ich mich in einem fatalen Zustand befinden oder würde aus Frust meinen Schläger zertrümmern.

Man muss immer die positiven Aspekte des Lebens im Gedächtnis behalten. Ich sage mir immer wieder, dass ich ein erfolgreicher Autor bin, dass meine Bücher

dank Online-Buchforen in neun verschiedene Sprachen übersetzt worden sind. Ich versuche jedoch nicht, mich daran zu erinnern, dass meine Bücher mir insgesamt nur zwei Dollar eingebracht haben.

Ich spürte immer noch ein Kribbeln nach meinem Volltreffer und beobachtete die kahle Mondsichel, die durch die dunstige Wolkendecke schien. Sie schien ungefähr so hell wie Sebastians Tenniskünste, die ziemlich schwach waren.

„Lass das!", rief meine innere Stimme. „Wenn Sebastian schlecht spielt, wie kommt es dann, dass du fünf Tennisspiele in Folge gegen ihn verloren hast?", fuhr meine innere Stimme fort. Ich folgte dieser Stimme der Vernunft und kam zu dem Schluss, dass ich das unüberwindbare Hindernis auf der anderen Seite des Platzes überwinden musste. Es war an der Zeit, meine Ehre als Champion des Tennisplatzes wiederzuerlangen. Oder zumindest der beste Spieler in meinem Freundeskreis zu sein.

„Du hast recht", gab ich zu, als ich Sebastian die Hand schüttelte, als wir die Seite wechselten. „Natürlich. Das letzte Spiel in diesem Match. Bereit zu versagen und gegen den Fettsack zu verlieren, wie du es immer tust?", Sebastian lächelte. „Nee, heute läuft das anders", antwortete ich, und wir setzten das Spiel fort.

Nach zehn Bällen später, nachdem er das

> „Volltreffer!", rief ich aus, als mein perfekt gespielter Tennisball die Grundlinie außerhalb der Reichweite meines Gegners Sebastian berührte.

Netz, die Bäume und das Auto des Nachbarn getroffen hatte, kam die Gelegenheit. Der Ball sprang perfekt auf meinen Schläger zu. Ich konzentrierte mich darauf, den Ball zu treffen, und ich landete den perfekten Treffer. Der Ball schlug kurz vor der Grundlinie auf, unerreichbar für meinen etwas unbeweglichen Gegner. Ein schöner Sieg!

Sebastian kam auf mich zu und sprach: „Beeindruckend, du hast ausnahmsweise mal nicht versagt."
Ich nickte und antwortete: „In der Tat. Und ich habe noch viele Siege vor mir. Denn dieser Schuss mein Freund, ist das Ende meiner Pechsträhne."

Geldwäsche im Waschsalon.

Ich reiste als Rucksacktourist durch die Welt, und ich war seit einer Woche in Sydney. Ein Problem, das beim Back-packing immer wieder auftritt, ist das Waschen der Wäsche, also war ich auf der Suche nach einem Waschsalon.

Dann fand ich plötzlich einen, billig und heruntergekommen, der perfekt zu meinem Budget passte. Ich ging in den Waschsalon und der Ort erregte meine Neugier. In einem Waschsalon gibt es entweder immer einen Mitarbeiter, der die Wäsche in Rechnung stellt, oder ein Münzprüfsystem, um sicherzustellen, dass Sie für die Dienstleistungen bezahlen. Aber ich konnte keines von beidem finden.

Ich ging zu der Maschine, um sie näher zu betrachten. Ich bin immerhin Mitte dreißig, und dies könnte einer dieser High-Tech-Waschsalons sein, bei denen man mit Bitcoin oder PayPal bezahlt oder Gott weiß was. Ich untersuchte die

Maschine und zu meiner Überraschung ertönte ein Klaviersound, als ich eine der Tasten der Waschmaschine drückte. Ich drückte die anderen Tasten und auch diese entsprachen verschiedenen Klaviertasten. Wer baut denn so eine Waschmaschine? Aber dann kam mir die Idee. Was wenn es sich beim Waschsalon um eine Tarnung für etwas anderes handelte, und was wäre, wenn ich die geheime Tür durch das Spiel-en einer bestimmten Melodie öffnen kön-nte? Ich schmunzelte über meine lächer-liche Idee, aber ich wollte sie trotzdem ausprobieren.

Aber welche Melodie sollte ich spielen? Ich erinnerte mich daran, dass ich in den neunziger Jahren Resident Evil gespielt hatte, wo sich eine der Türen durch das Spielen der Mondscheinsonate öffnete. Ich suchte online nach den Noten für das Lied und versuchte, es mit den acht Knöpfen an der Waschmaschine zu spielen. Nach einiger Zeit gelang es mir endlich, und zu meiner großen Überraschung funktionierte es, und hinter einer der Waschmaschinen öffnete sich ein Geheimgang.

Ich wusste, dass es gefährlich war, aber ich musste dem Gang einfach folgen, um zu sehen, was sich auf der anderen Seite befand. Ich landete in einem Raum mit Stapeln verschiedener Banknoten. Offensichtlich war ich in einer Wäscherei auf eine Geldwäscherei gestoßen. Wie passend! Ich erstarrte, als ich sah, wie die Sicherheitskamera den Raum filmte. Ich

war zum Handeln gezwungen. Ich wusste, dass die bösen Jungs mein Gesicht gesehen hatten und dass ich nun etwas unternehmen musste. Ich füllte meine Tasche mit 100-Dollar-Scheinen und eilte zum Hotel, um meinen Pass zu holen. Ich machte mir nicht einmal die Mühe, meine Sachen zu packen, und fuhr stattdessen direkt zum Flughafen, um das Land zu verlassen. Kurz bevor ich in mein Flugzeug auf die Malediven stieg, machte ich die Polizei auf den Standort der Geldwäsche aufmerksam. Hoffentlich würde das die bösen Jungs davon abhalten, mich jemals zu finden.

Für jeden, der meine Handlungen verurteilen würde, habe ich nur eine Frage: Was hätten Sie denn getan?

> Für jeden, der meine Handlungen verurteilen würde, habe ich nur eine Frage:
> Was hätten Sie denn getan?

Die Suche nach Pachamamas Schleier.

Ich nahm die glänzende, silberne Pachamama-Statue, die ich in meinem verschlissenen und wettergegerbten Rucksack verstaut hatte. Ich schaute meine Partnerin Elaine an, sie nickte. Das war es also. Das war das heilige Grab von Pachamama, der Inka-Göttin der Erde, einer Außerirdischen aus Zetan, die eine göttliche Gestalt angenommen hatte, um menschliche Anhänger zu gewinnen.

Ich nahm die tintenbefleckte Karte, die ich von dem Grab hatte. Das war es. Das war der Ort, den Juan Pizarro markiert hatte. Wir hatten etwas, was ihm 1540 fehlte, und zwar die Statue, die als Schlüssel zum inneren Heiligtum des Tempels diente.

Ich schaute auf die Wand. Dort war eine Öffnung, die genau die Form der Statue hatte, die wir mitgebracht hatten. Ich war gerade dabei, die Statue in den Hohlraum einzusetzen, als ich Elaines Stimme hörte: „Martin, ich habe Angst. Müssen wir uns wirklich eine tote Gottheit anschauen? Was, wenn sie nicht tot ist?"
„Mach dir keine Sorgen, Elaine. Die Zetan sind keine wirklichen Götter. Wenn Pachamama bereits vor Jahrhunderten hier eingesperrt gewesen sein sollte, dann ist sie längst umgekommen", antwortete ich, aber ich hatte das Gefühl, dass mich das Unbehagen meiner Partnerin beeinflusst hatte.

Ich schob meine Ängste beiseite. Ich hatte eine wichtige Aufgabe hier, die ich zu Ende führen würde. Ich steckte die Figur in die Öffnung und wartete darauf, dass etwas passierte. Plötzlich bewegte sich die Wand und gab einen Tunnel frei. Ich hörte eine schrille, durchdringende Stimme, die absurde Gesänge in einer fremden Sprache zischte.
„Was ist das für ein Geräusch?", rief Elaine aus.
„Es ist nur eine Tonaufnahme. Pachamama hat sie wahrscheinlich früher benutzt, um die Einheimischen fernzuhalten", antwortete ich mit vorgetäuschter Selbstsich-

erheit. „Jedenfalls haben wir einen Auftrag, und ich gehe hinein!", fuhr ich fort.
„Ich gehe da nicht rein!", sagte Elaine hartnäckig.
„Na gut, dann gehe ich eben selbst", antwortete ich gereizt und ging in den Tunnel. Als ich das Innerste des Pachamama-Tempels betrat, überwältigte mich ein süßer und stechender Geruch. Woher kam der Geruch? Ich fand die Quelle des ausgeprägten Geruchs in der Mitte des Raumes, wo die Leiche von Pachamama auf einem Altar lag.

Elaine kam auf mich zu: „Ist sie tot?", fragte sie zaghaft.
„Es sieht so aus, aber es gibt nur einen Weg, das herauszufinden", antwortete ich.
„Aber warum riecht eine Leiche so?", fragte Elaine.
„Wahrscheinlich

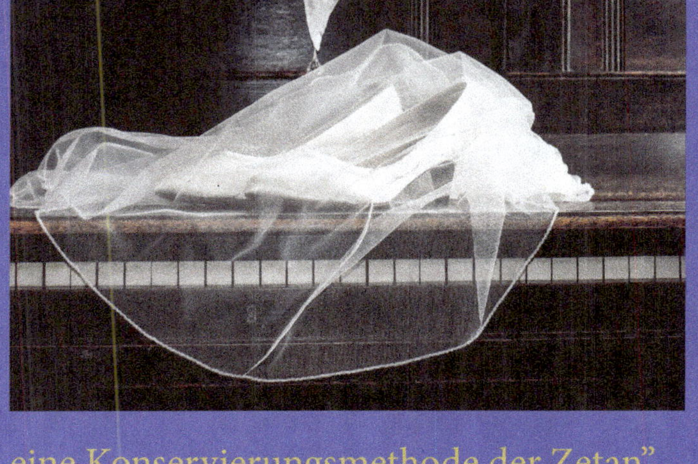

eine Konservierungsmethode der Zetan", antwortete ich, als ich auf Pachamama zuging und ihren Körper berührte. Der kalte und fettige Körper füllte mich mit Ekel.
„Was soll ich jetzt tun?", fragte ich die Stimme in meinem Kopf, die mich seit dem Zwischenfall in Nepal im Jahr 2022 verfolgt hatte.
„Deine Aufgabe hier ist es, den Schleier von Pachamama zu übernehmen. Verbrenne den Körper, die Menschheit ist noch nicht dazu bereit, die Wahrheit herauszufinden."
„Ja, Kaiserin Rangda", antwortete ich und nahm den Schleier.

Wir verbrannten Pachamamas Leichnam und verließen wortlos den Tempel. Unsere eigentliche Mission lag noch vor uns!

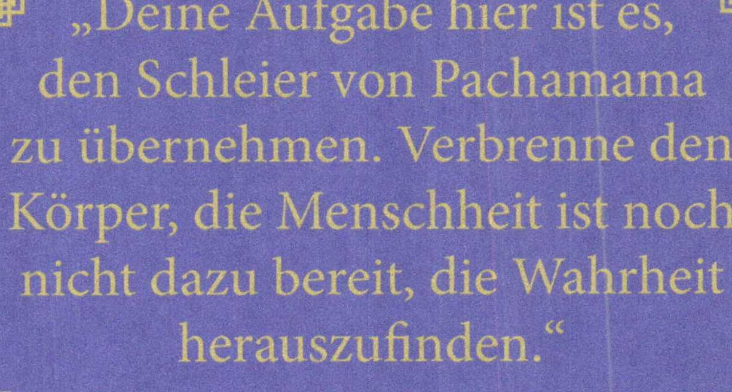

Der erste menschliche Klon.

Mein Name ist Martin Orchard und ich arbeite in einer geheimen Forschungseinrichtung. Offiziell arbeiten wir an der Stammzellentechnologie zur Heilung von Krebserkrankungen. Doch insgeheim beschäftigen wir uns mit der Entwicklung einer Klontechnologie, so dass der unerreichbare Geschäftsinhaber endlos weiterleben und beliebig seinen Körper wechseln kann, sobald sich sein bisheriger Körper abnutzt hat.

Ich scannte meine Iris, um Zugang zur geheimen Klonabteilung unseres Forschungslabors zu erhalten, und traf meinen exzentrischen Vorgesetzten, Frank Van Stein. Er untersuchte einen lebenden Fötus, der in einem Behälter heranwuchs, der die Bedingungen in einer menschlichen Gebärmutter simulierte. Ich musterte ihn nervös und er näherte sich mir. „Klonen ...", sagte er und hielt eine Weile inne, bevor er wieder sprach. „das ist eine wunderbare

und zugleich schreckliche Angelegenheit und sollte deshalb mit größter Vorsicht angegangen werden."

„Zitierst du wieder Voltaire?", fragte ich ihn höhnisch.
„Nein, ich zitiere Harry Potter", antwortete er.

Ich schwieg eine Weile. Weshalb zitiert mein Mentor Harry Potter? Ich dachte nicht lange darüber nach, als Frank wieder sprach: „Sehet, das fünfte Kind unseres mysteriösen Gönners. Auch das erste Kind, das ein Klon von ihm ist."
„Also ...", begann ich, „so etwas hat er noch nie gemacht", sagte ich.
Frank runzelte die Stirn und antwortete mit einem gereizten Ton. „Das ist doch wohl offensichtlich, oder?"

Ich war beunruhigt, weil ich meinen Vorgesetzten verärgert hatte. Aber ich musste mehr wissen. Ich arbeitete bereits seit sechs Monaten hier, und man ließ mich völlig im Dunkeln. „Für wen arbeiten wir? Wie geheim ist unsere Forschung? Was ist das Ziel?" Die Emotionen sprudelten in mir hoch, und ich konnte

nicht mehr länger schweigen.

„Frank, du musst ehrlich zu mir sein. Was geht hier vor? ", sagte ich.
„Das kann ich dir nicht sagen. Diese Information ist geheim und liegt außerhalb deiner Befugnisse.", antwortete Frank.
Franks Antwort machte mich wütend, und ich verlor die Nerven. „Entweder sagst du mir, was los ist, oder ich kündige meinen Job."
„Du kannst nicht kündigen.", flehte Frank.
„Doch, das kann ich!", antwortete ich, und bevor Frank Zeit hatte, etwas zu sagen, fuhr ich fort: „Also, wie sieht's nun aus, mh?"
Frank holte tief Luft, um wieder zur Ruhe zu kommen, und antwortete: „Du bist ..."
Franks Antwort verwirrte mich. „Ich bin was?", fragte ich.
„Du bist der Chef dieser Firma, Martin", antwortete Frank unverblümt.

„Was redest du da?", fragte ich. „Folge mir", sagte Frank, und ich folgte ihm in den Raum mit der höchsten Sicherheitsstufe. Da sah ich ihn, meinen toten Körper in einem Bottich. „Wir haben die Klontechnologie bereits vor vielen Jahren perfektioniert, und du bist vor einem Jahr bei einem Unfall ums Leben gekommen. Vor sechs Monaten wurde dein Klon wiedergeboren, aber es wurden die Erinnerungen einer anderen Person implantiert", erklärte Frank.

> „Wir haben die Klontechnologie bereits vor vielen Jahren perfektioniert, und du bist vor einem Jahr bei einem Unfall ums Leben gekommen."

Ich geriet in Panik, als ich meinen toten Körper betrachtete, und mir wurde schwindelig. Plötzlich wurde ich ohnmächtig. Als ich aufwachte, lag ich neben der schönen Frau, die ich geheiratet hatte, im Bett. Sie lächelte mich an und sagte: „Guten Morgen, Daniel. Was möchtest du zum Frühstück essen?"

Der Bürgermeister von Mayonnaise-Stadt.

„Schnickschnack und andere nutzlose Souvenirs." Ich starrte ungläubig auf das Schild und stellte fest, dass ich es gleich beim ersten Mal richtig gelesen hatte. Endlich ein Ladenbesitzer mit etwas Selbstabstand, dachte ich und betrat den kleinen Laden. Ich reiste mit meiner Partnerin Elaine seit einer Woche in Neuseeland und hörte, wie sie vage ausrief: "Geh nicht in ein Geschäft mit diesem Namen, sie haben nichts Brauchbares zu verkaufen."

Ich ignorierte diese Stimme der Vernunft und betrat den Laden. Ich wurde von einem Mann angesprochen, der wie einer der Hobbits aus der Trilogie Der Herr der Ringe aussah. Er war 1,50 m groß, mit einem imposanten Schnurrbart und mit Verhaltensweisen aus dem 19. Jahrhundert. „Wow, ein echter Neuseeländer", dachte ich mir, als er sich mir mit einem Glas Mayonnaise in der Hand näherte.

„Die Chaos-Mayonnaise des Bürgermeisters", sagte der Mann und zeigte mir das Glas Mayonnaise. „Was ist das denn für ein

Name und warum sollte ich ein Glas Mayonnaise wollen?", fragte ich verwundert. „Es heißt so, weil ich der Bürgermeister in dieser Stadt bin. Diese Stadt ist berühmt für ihre Mayonnaise, und ich richte ordentlich Chaos an, wenn Sie sie nicht probieren und kaufen", erklärte der hobbitartige Mann.

Ich schaute den Mann an, um nach Hinweisen zu suchen, ob es sich hierbei um einen neuseeländischen Scherz handelte. Doch er blickte mich mit einem ernsten Gesicht an, ohne auch nur ein Lächeln anzudeuten. Ich hatte keine Verwendung für ein Glas Mayonnaise, aber vielleicht könnte ich etwas anderes kaufen, dachte ich. Ich sah mich um, und zu meinem Entsetzen gab es im Laden nur Mayonnaise!

Der Mann stapfte ungeduldig herum, wobei er mir das Mayonnaiseglas ziemlich dicht vor das Gesicht hielt. „Ähm, wie viel kostet ein Glas?", fragte ich vorsichtig. „Ah, endlich ein Kunde!", sagte der Mann und lächelte mit einem breiten zahnlosen Grinsen. „Aha! Für diese feine Mayonnaise nur 20 Dollar.", antwortete der Mann

stolz. 20 Dollar für Mayonnaise, was für ein Wahnsinn! Und ich brauche sie nicht einmal. „Ich habe kein Interesse", sagte ich und entfernte mich ein paar Schritte von dem Mann. „Versetzen Sie dieses Dorf nicht in Aufregung indem Sie das Chaos des Bürgermeisters verursachen", warnte der Mann mit feindseliger Stimme. Danach schleuderte er das Glas auf den Boden und bespritzte uns beide mit Mayonnaise.

„Vergiss es!", dachte ich und rannte zum Ausgang, während der Bürgermeister von Mayonnaise-Stadt die Verfolgung aufnahm. Verfolgt von dem wütenden Hobbit vergaß ich beim Verlassen des Ladens, mich umzusehen. Ich stolperte und fiel kopfüber in ein großes aufblasbares Schwimmbecken voller Mayonnaise.

Als ich mich langsam erhob, ertönte ein vertrauter Spruch: „Überraschung, Sie befinden sich bei Versteckte Kamera!" Diese verdammten Neuseeländer! Erfreulicherweise ermöglichte das Honorar aus meiner kurzlebigen Fernsehkarriere eine weitere Reisewoche, und ich bekam viel von der wunderschönen Wildnis des Landes zu sehen, weit weg von der neuseeländischen Bevölkerung. Bis heute hat meine Partnerin Elaine nicht aufgehört zu lachen!

> „Versetzen Sie dieses Dorf nicht in Aufregung indem Sie das Chaos des Bürgermeisters verursachen", warnte der Mann mit feindseliger Stimme.

Schabernack in der Bibliothek.

Ich war gerade in der Gemeindebibliothek und wollte an einem Schulaufsatz arbeiten, als das LSD anfing zu wirken.

Ich stand in der Schlange der Cafeteria, wo ein namenloser Barista, der als Cowboy verkleidet war, die Kaffeemaschine bediente. Ich starrte auf die schmuddeligen Hände des Baristas mit den insgesamt zwölf Fingern. Plötzlich hörte ich einen lauten Knall und die Kaffeemaschine ging kaputt.

„Es tut mir leid, Sir, aber die Kaffeemaschine ist kaputt", sagte der Barista.
„Halten Sie das für ein Spiel? Ich brauche diesen Kaffee!", grinste ich den Barista höhnisch an.
„Es tut mir leid, aber unser Techniker hat seinen Zug verpasst, und ich weiß nicht, wie ich das Gerät reparieren soll", entschuldigte sich der Barista.
„Aber es muss doch jemanden mit entsprechenden Fähigkeiten hier geben?", fragte ich.
„Wie wäre es, wenn Sie es versuchen?", schlug der Barista vor.

Das war ein eigenartiger Vorschlag. Ich habe keine Ahnung, wie man eine kaputte Kaffeemaschine repariert, vor allem dann nicht, wenn ich auf LSD bin. Aber ich begriff, dass dies wohl der göttliche Plan sein musste, also stimmte ich dem Vorschlag zu.

„Okay. Herausforderung angenommen. Ich repariere Ihre Kaffeemaschine unter zwei Bedingungen", sagte ich.
„Bitte sagen Sie mir welche. Die Schlange der wütenden entkoffeinierten Autoren ist lang, und ich fürchte um meine Sicherheit!", bettelte der Barista.
„Zunächst einmal müssen wir für die richtige Stimmung sorgen. Wechseln Sie die Musik zu Cupid's Letters von Beige Backpack", bat ich.
„Ist das ein echtes Lied oder wollen Sie mich verarschen?", antwortete der Barista.

„Das findet man auf YouTube", antwortete ich und erkannte, dass es an der Zeit war, dass die Welt mein außergewöhnliches musikalisches Schaffen kennen lernt.
„Ich habe es gefunden", sagte der Barista. Er machte den Song an und warf mir einen unbegründeten, abfälligen Blick zu. Offensichtlich war er kein Mann, der gute Musik zu schätzen wusste.
„Ah! Musik in meinen Ohren! ", antwortete ich und lächelte selig.
„Okay, du Psycho. Wie lautet die zweite Bedingung für die Reparatur der verdammten Maschine?", höhnte der Barista.
„Du musst diese Dose mit stechend riechendem Fisch öffnen", antwortete ich und reichte dem Barista eine Dose des berüchtigten schwedischen Gerichts - Surströmming.

Der Barista öffnete die Dose, und der faulige Geruch führte dazu, dass er zur Toilette rannte. So ein Schwächling! Nach-

dem ich an dem berüchtigten Fischgericht gerochen hatte, wurde mir klar, dass ich keinen Hunger mehr hatte, und ich ließ den Fisch unangetastet.

Ich sprang über den Tresen, um meine Karriere als Kaffeemaschinenreparateur zu beginnen. Ich sah eine großartige Karriere auf mich zukommen, aber das war alles umsonst, als ich ohnmächtig wurde.

Ich bin einige Stunden später in Polizeigewahrsam aufgewacht. Anscheinend hatte meine Dose Surströmming Angst vor einem chemischen Terroranschlag ausgelöst, da die Australier diesen Geruch nicht gewöhnt sind. Anstatt der Held des Tages zu werden, wurde ich mit einer saftigen Geldstrafe für Polizeieinsatzgebühren und Vandalismus an einer Kaffeemaschine bestraft. Soviel zum Versuch zu helfen!

> Meine Dose Surströmming Angst vor einem chemischen Terroranschlag ausgelöst, da die Australier diesen Geruch nicht gewöhnt sind.

Die maskierte Bedrohung

Ace Marcel Perouse schaute unter dem Schatten eines Jacaranda-Baums auf den sonnigen botanischen Garten in Sydney. Ace kam sich wie ein Idiot vor. Was wollte er an dem brütend heißen Tag draußen, wenn es doch angenehmer war, in einem dunklen Raum mit laufender Klimaanlage zu pennen?

Ace war erleichtert und frustriert zugleich darüber, dass er nicht schwitzen konnte. Wenn er schwitzte, würden sein schwarzer Kaschmir-Anzug, seine Tanzschuhe und weißen Handschuhe, der große Hut und die Opernmaske durch die Schweißperlen durchtränkt werden. Aber zumindest würde seine unerträgliche Körperwärme abfließen können.

Ace bemerkte, wie die Leute ihn anstarrten, als sie vorbeigingen. Er hatte sich ein unpassendes Outfit ausgesucht, um nicht aufzufallen, aber es war nicht seine Schuld. Aufgrund seiner besonderen Beziehung zu Spiegeln war ihm sein Aussehen nicht bewusst.

Ace warf den Beobachtern einen bösen Blick zu, aber er war zu schwach, um es in diesem Zustand mit mehreren Menschen aufzunehmen. Wenn er seine Haut der schrecklichen Sonne aussetzen würde, wäre das sein Ende.

„Ich muss hier raus!", dachte Ace, und er sprintete zu einem menschenleeren Teil des Parks. Beim Sprint wurde ein winziges Stück von Aces Hals der Sonne ausgesetzt, was ihm unerträgliche Schmerzen bereitete. „Mach weiter, nur ein noch ein kleines Stück", sagte er wiederholt zu sich selbst. Ace erreichte einen abgelegenen Teil des Parks. Unter einem Baum fand er ein wenig Schatten, und er brach auf dem Boden zusammen. Ace wünschte sich, dass er nicht allein auf der Welt wäre, dass jemand käme, um seinen Schmerz zu lindern.

Ace hörte eine Frau singen. „Wenn der Tag zur Nacht wird, werden wir uns alle vereinen. Wir werden Harmonie zwischen Dunkelheit und Licht bringen." Ace empfand inneren Frieden. In seinen Visionen hatte er gesehen, dass die einzige Möglichkeit, seinen Hunger zu stillen, darin bestand, sich tagsüber zu ernähren.

Ace beobachtete die Musikquelle. Eine weiß gekleidete Frau sang vor einem Spiegel. Ace schlich sich auf die ahnungslose Frau zu. Er bereitete sich darauf vor, ihr Blut zu trinken und den ihm auferlegten Fluch zu beenden. Ace wurde abgelenkt, als er das Spiegelbild der Frau betrachtete, oder vielmehr das fehlende Spiegelbild.

> „Wenn der Tag zur Nacht wird, werden wir uns alle vereinen. Wir werden Harmonie zwischen Dunkelheit und Licht bringen."

...ebespaar waren, damit der Fluch endet!", flehte Jessica ihn an.

Ace tat, was Jessica verlangte und als sie sich küssten, zerfielen beide zu Staub. Und so erfüllten sie ihr jahrhundertealtes Hochzeitsversprechen, das sie bis zum Ende zusammenblieben!

Ace schnappte hörbar nach Luft und die Frau drehte sich um.

"Jessica Lockhart?", rief Ace aus.

"Ace Marcel Perouse! Ich wusste, dass du kommen würdest", antwortete Jessica.

„Was geht hier vor?", fragte Ace.

„Es ist an der Zeit, den Fluch jenes schicksalhaften Tages aufzuheben", antwortete Jessica.

„Aber warum kannst du deine Haut der Sonne preisgeben?", fragte Ace.

„Ich habe mich nicht in einen Vampir verwandelt. Ich habe mich in einen Engel verwandelt. So wie du unter der Sonne leidest, leide ich unter dem Mond", erklärte Jessica.

„Also was machen wir jetzt?", fragte Ace.

„Küss mich wie damals, als wir ein Li-

Martin Puthers Mission in China

„**H** Ich erstarrte, als ich hörte, wie mich eine Frau mit chinesischem Akzent anbrüllte. Ich war überrascht, dass die Frau auf Englisch geschrien hatte, aber ich nahm an, dass meine blonden Haare und meine hohe Statur mich als weißen Ausländer hervorhoben. Ich drehte mich um und sah die weibliche Sicherheitskraft an, die in dem geheimen Regierungslabor stand. Ihre lederne Haut verriet, dass sie mit dem Hei-Bai-Virus infiziert war.

„Sie haben unbefugt das Eigentum der Regierung betreten!", schrie die Wächterin. „Und trotzdem haben Sie mir nicht in den Rücken geschossen?", antwortete ich sarkastisch.

Die Wächterin zuckte zusammen und richtete ihr Gewehr auf mich. Ich biss mir auf die Lippe. Ich durfte nicht so sarkastisch sein, wo ich doch dem Tod so nahe war. Aber warum dem Tod mit Angst begegnen?

Die Wächterin senkte ihre Waffe und antwortete. „Ich würde den berühmten Martin Puther doch niemals erschießen. Sie sind ein Held! Ich fand es toll, wie Sie die Welt vor dem Mann mit den goldenen Zähnen gerettet haben."

Ich seufzte erleichtert. Obwohl ich ein beschissener Geheimagent zu sein schien, da sich mein Name über die ganze Welt ausgebreitet hatte, so schien es mich doch erst einmal gerettet zu haben.
„Ich danke Ihnen. Ja, die Welt vor Joseph Goldzahns teuflischem Vorhaben zu retten, war ein ziemliches Abenteuer", antwortete ich.
„Ja. Ich bin einer Ihrer größten Fans. Mein Name ist Li-Na Peng", antwortete die Wächterin demütig.
„Puther, Martin Puther. Ich würde Ihnen die Hand schütteln, aber...", antwortete ich, und ich warf einen Blick auf die riesigen Blasen an Li-Na Pengs Armen.
„Verstehe. Sind Sie hier, um eine biologische Probe des C-Virus zu stehlen?", fragte Li-Na Peng.
Es war sinnlos, unter den gegebenen Um-

ständen zu lügen, also antwortete ich. „Ja. Wissen Sie, wo sie ist?"
„Ja, kommen Sie mit mir", antwortete Li-Na.

Li-Na öffnete die Tür, und wir betraten einen schmalen Korridor. Am Ende des Korridors scannte Li-Na ihre Iris mit einem Augenscanner. Wir betraten das Innerste des Labors, den Ort, an dem die DNA-Sequenz aufbewahrt wurde.
„Ich fertige eine Kopie der Virencharge an. Warten Sie!", sagte Li-Na, und sie begann am Computer zu tippen.

Ich betrachtete mein Spiegelbild auf einer silbrig glänzenden Statue. Auch wenn das Tragen eines Anzuges anstelle von Schutzkleidung töricht erschien, hatte es mir das Leben gerettet, da mein Bekanntheitsgrad Li-Na davon überzeugt hatte, mir zu helfen.

> „Ich würde den berühmten Martin Puther doch niemals erschießen. Sie sind ein Held! Ich fand es toll, wie Sie die Welt vor dem Mann mit den goldenen Zähnen gerettet haben."

Daraufhin wurde ein Alarm ausgelöst, und ein Haufen wütender Kommunisten strömte herein und schoss auf mich. Die Unsterblichkeit meines Charakters rettete mich, als ich mit meiner winzigen, aber doch sehr effektiven Pistole auf die Wachen schoss.

Li-Nas Charakter war nicht unsterblich, und als sie sterbend auf dem Boden lag, waren ihre letzten Worte. „Martin, rette China!"

„Diese Statue stammt von meinem Vater, dem Vorsitzenden Jing Peng. Er verbreitete das Virus, indem er den chinesischen Honigvorrat kontaminierte", enthüllte Li-Na.
„Er hätte Ihnen von seinem bösen Plan erzählen sollen", bemerkte ich.
„Warum glauben Sie, helfe ich Ihnen?", fauchte Li-Na.
Der Computer gab einen Signalton ab, und ein Virenanalysegerät warf ein Fläschchen mit dem Virus aus.
„Hier. Nehmen Sie dieses Fläschchen. Stellen Sie ein Gegenmittel her und retten Sie das chinesische Volk vor der Tyrannei meines Vaters", flehte Li-Na.

Die Ewigkeit kann warten.

Mark Silver fuhr seinen Mercedes, der die gleiche Farbe hatte wie sein Familienname. Mark dachte an seine Frau Joanna. Sie hatte ihm gesagt, er solle nicht hetzen und im Haus bleiben, bis der heftige Sturm vorüber sei. Aber Mark konnte nicht zu Hause bleiben. Marks Frau war im Krankenhaus kurz vor der Entbindung, und er würde sich diese einzigartige Chance nicht entgehen lassen, diese Erfahrung mit ihr gemeinsam zu erleben.

Erfüllt von ängstlicher Erwartung bemerkte Mark nicht, dass der sintflutartige Regen einen Erdrutsch verursacht hatte. Er fuhr direkt auf die Gefahr zu, als das Auto von dem Erdrutsch erfasst wurde und über den Rand einer Klippe stürzte.

Durch einen Schlag auf den Kopf kam Mark wieder zur Besinnung. Der Schlag erinnerte ihn an seine kurze Zeit als Boxer bei einer Spendenaktion eines Unternehmens.

Als Mark das Bewusstsein wiedererlangte, wurde ihm die furchtbare Realität bewusst. Er war nicht in einem Boxring aufgewacht. Stattdessen saß er in einem versunkenen Auto fest.

Mark versuchte, aus dem Auto auszusteigen,

aber die hochwertige Ausstattung des Wagens machte ihm einen Strich durch die Rechnung. Mehrere Airbags hielten ihn in Position, und er konnte wegen einer elektrischen Fehlfunktion die Fenster nicht öffnen. „Verdammtes Auto, warum gibt es keinen manuellen Schalter für die Fenster?" war Marks letzter Gedanke, bevor alles schwarz wurde.

„Willkommen, Mark!"
Mark hörte die schwache Stimme einer netten alten Frau, die ihn begrüßte. Mark öffnete die Augen. Er war in einem wunderschönen Garten, der dem Garten Eden ähnelte.
„Bin ich tot?", fragte Mark.
Die alte Frau schüttelte den Kopf und antwortete. „Mach dich doch nicht lächerlich. Der Tod ist ein außersinnlicher Zustand, vergleichbar damit, nie geboren worden zu sein."
„Was ist das also für ein Ort?", fragte Mark.
„Wenn eine Person stirbt, bleibt das Gehirn noch einige Minuten lang aktiv. Durch Sauerstoffmangel und fehlende sensorische Impulse wird das Bewusstsein gesteigert. Aufgrund der fehlenden Sinneseindrücke können sich diese Minuten wie eine Ewigkeit anfühlen.", enthüllte die Frau.
„Und was passiert, wenn ich sterbe?", fragte Mark.
„Dann wirst du davon nichts mitbekommen. Man kann seinen eigenen Tod nicht selbst

erleben. Das ist ein Widerspruch!", antwortete die Frau.

„Okay. Also, wer bist du, und was kannst du mir noch über diesen Ort erzählen?", fragte Mark.

„Ich bin ein Abbild deiner tiefsten Bewusstseinsebene. Für dich bin ich Gaia, aber ich kann jede beliebige Gestalt annehmen", antwortete die Frau.

„Und was wird aus meiner Frau und meinem Kind?", fragte Mark.

Gaia hielt eine Weile inne und holte tief Luft, bevor sie antwortete. „Mark. Du bist unfruchtbar. Du kannst keine Kinder zeugen. Das weißt du. Was das Kind betrifft, das deine Frau in diesem Augenblick zur Welt bringt, so hast du ihr gegenüber dein Herz verschlossen", antwortete Gaia.

Als er das hörte, wurde Mark wütend, und er schlug um sich.

„Dieses Flittchen! Ich wusste, dass sie mich betrügt."

Gaia schüttelte den Kopf, ergriff Marks Hand und sah ihm in die Augen. Mark beruhigte sich. Es gab keinen Grund, wütend ins Jenseits zu gehen.

„Du hast Joanna vor eine unmögliche Wahl gestellt. Du hast dich nach einem Kind gesehnt, obwohl dein Samen unfruchtbar ist. Was sie getan hat, hat sie nur getan, um dich glücklich zu machen", erklärte Gaia.

Mark wollte gerade antworten, als seine Augen zu flimmern begannen.

„Sterbe ich?", keuchte Mark.

Gaia schüttelte den Kopf und alles wurde schwarz.

Durch das Aufleuchten eines hellen weißen Lichts brannten Marks Augen. Er erwachte, und er war von Ärzten und Krankenpflegern

umgeben.

„Er lebt! Es ist ein Wunder!", rief einer der Ärzte aus. Mark wurde schwindelig und er wurde wieder ohnmächtig.

> Durch das Aufleuchten eines hellen weißen Lichts brannten Marks Augen. Er erwachte, und er war von Ärzten und Krankenpflegern umgeben.

Joanna und ihre neugeborene Tochter Jasmine besuchten Mark noch am selben Tag. Mark wusste, was er zu tun hatte. Gaia hatte ihn nicht umsonst wieder zurück ins Leben geführt.

„Joanna, ich weiß, dass Jasmine nicht meine leibliche Tochter ist!", sagte Mark.

Joannas Gesichtsausdruck veränderte sich, und ihr aufgesetztes Lächeln verschwand.

„Ich liebe dich immer noch, Joanna. Ich weiß von meiner Unfruchtbarkeit. Ich habe es bisher geleugnet, aber mir ist klar, warum du getan hast, was du getan hast. Ich möchte dich und Jasmine als meine eigene Tochter lieben, wenn du es zulässt", betonte Mark.

Joanna antwortete nicht. Es brauchte keine Worte, und beide nahmen sich schluchzend in die Arme. Beide hatten an diesem Tag ein neues Leben gewonnen, und sie würden einander und ihre Tochter mehr denn je lieben.

Der Zufall rettete den Brandstifter.

3:00, 2:59. 2.58

Ich schaute auf den Zeitzünder der Bombe, die ich im Blackwater-Kraftwerk platziert hatte. Das war es also. Ich, Samuel Thistlethwaite, konnte nicht mehr mit meinem Geheimnis leben. Einige Jahre zuvor hatte ich einen Brand gelegt und damit einen der vielen Waldbrände ausgelöst, die im Jahr 2019 gewütet hatten. Mein schreckliches Verbrechen hatte meine Heimatstadt Honeywood zerstört und auch das getötet, was mir am wichtigsten war. Meine einzige wahre Liebe, Sally Swallow, eine Mitwaise im Waisenhaus, war in dem Feuer umgekommen.

Ich hatte mein Verbrechen über die Jahre geheim gehalten. Stattdessen hatte ich mich sozusagen neu erfunden und hatte gelernt, durch Lügen im Leben weiterzukommen. Diese Lügen hatten mich an die Spitze befördert. Zumindest bis an die Spitze von Blackwater. Als Stadtrat hatte ich meine Wähler davon überzeugt, dass der beste Weg, künftige Buschfeuer zu

vermeiden, die Abholzung der nahen gelegenen Wälder sei. Dank meines Handelns war Blackwater zwar in Sicherheit, allerdings waren dadurch die schwarzen Kakadus ausgestorben. Ein lohnendes Opfer, so hatte ich damals angenommen, da es ja noch weiße Kakadus gab.

Eines Tages hatte ich eine Offenbarung, als ich eine längst vergessene Zeichnung sah auf der Sally einen schwarzen Kakadu fütterte. Ich hatte die Sinnlosigkeit meines Lebens erkannt. Ich hatte nicht nur den Tod meiner Liebe verschuldet, sondern auch die Tiere getötet, die sie liebte. Und warum?

Mir war klar geworden, dass mein Selbstmord und die Zerstörung des schmutzigen Kraftwerks der einzige Weg der Wiedergutmachung waren. Zerstörung war alles, was ich kannte. So konnte ich immerhin schreckliche Dinge zerstören, um damit eine bessere Welt zu schaffen.

1:00, 0:59, 0:58

„Funkelstern, wo bist du?", hörte ich ein

junges Mädchen sagen.

Ich bemerkte, dass ich die Tür offengelassen hatte, und ein kleines Mädchen hatte sich auf der Suche nach ihrem Haustier in dem zur Sprengung vorgesehenen verlassenen Kraftwerk verirrt. Ich drehte mich um, ein schwarzer Kakadu saß auf meiner Schulter. „Entschärf die Bombe! Entschärf die Bombe!" Der Kakadu krähte und kreischte.

Ich kniete mich hin und entschärfte schnell die Bombe.

Das Mädchen bemerkte mich. „Oh, da bist du ja Funkelstern.", rief sie glücklich aus. Kaum, dass ich sie sah, rief ich: „Was machst du hier, kleines Mädchen! Das ist kein Ort für Kinder."
„Es tut mir leid, die Tür war offen und mein Vogel ist hineingeflogen. Meine Mutter wartet draußen", antwortete das

Mädchen und rannte nach draußen. Ich verfolgte das Mädchen und verließ das

„Entschärf die Bombe! Entschärf die Bombe!" Der Kakadu krähte und kreischte.

Kraftwerk. Dort erblickte ich sie, Sally, mit Verbrennungen dritten Grades im Gesicht.

„Sally, bist du am Leben?", rief ich aus.
„Ja, ich habe mich ferngehalten", antwortete Sally.
Ich fiel auf die Knie. „Es tut mir leid, Sally. Ich habe das Feuer gelegt, das dich 2019 verstümmelt hat", jammerte ich.
„Ich weiß, aber ich werde sterben, und Ciri braucht ihren Vater", keuchte Sally. Dann brach sie zusammen.

Ich tröstete Ciri. Obwohl es ein schrecklicher Tag war, hatte mir der Zufall das Leben gerettet und mir einen Sinn gegeben, weiterzumachen.

Weihnachts-Chaos.

„**D**u bist der Nächste!"

Ich stellte die Notiz mit dem Blut meiner getöteten Gegnerin fertig. Ich steckte ihren abgehackten Finger zusammen mit dem Brief in einen Umschlag, den ich an meinen Erzfeind schicken würde. Ich wollte ihn an den Roten Diktator des Nordpols, auch bekannt als der Weihnachtsmann, schicken.

Ich war in Knechtschaft geboren worden. Ich wusste nicht einmal, wer meine Eltern waren. Das war die missliche Lage der Elfen, die in der geheimen arktischen Einrichtung des Roten Diktators arbeiteten. Für die Außenwelt war der Weihnachtsmann eine Legende, aber für mich und meine versklavten Elfengefährten war er eine grausame Realität.

Natürlich erkannten die meisten von uns die Realität nicht. Sonst hätten wir schon

vor Jahrhunderten rebelliert. Die meisten meiner Elfenfreunde glaubten, dass wir einen besonderen Zweck erfüllten. Wir arbeiteten unermüdlich als Team und fertigten Geschenke an, mit denen brave Kinder belohnt wurden. Aber wann wurden WIR jemals belohnt? Was war mit unseren Hoffnungen und Träumen?

In der Vergangenheit waren die Dinge einfacher gewesen. In den ersten 300 Jahren meines Lebens kannte ich nichts anderes. Wir versammelten uns täglich, standen in einer Reihe und sangen Weihnachtslieder, in denen wir unseren großen Roten Diktator würdigten. Ich begriff, dass der Weihnachtsmann die gleichen Propagandataktiken angewandt hatte, mit denen Hitler und Kim Jong-Un ihre Bevölkerung einer Gehirnwäsche unterzogen hatten.

Ich war durch einen Zufall zu dieser Erkenntnis gekommen. Uns Elfen war es nicht erlaubt, mit den von uns hergestellten Spielsachen zu spielen. Aber eines Tages stieß ich versehentlich eines der Geschenke vom Fließband. Ich hob es auf, aber ich legte es nicht wieder auf das Band.

Ich verspürte den Drang, herauszufinden, was es war.

Ich teilte meinem Vorgesetzten mit, dass es mir nicht gut ging und ich nicht weiterarbeiten könne. Diese Entscheidung war riskant. Wenn mich der Weihnachtsmann für entbehrlich hielt, würde er mich in die arktische Kälte hinauswerfen. Da draußen würde ich an Unterkühlung sterben oder von einem Eisbären gefressen werden. Aber ich musste wissen, was das für ein Gerät war.

Ich schaltete das Tablett ein und klickte verschiedene Links an. Die Welt war wunderschön und es gab so viel zu sehen. So viele Orte, die der Weihnachtsmann mir nie erlaubt hatte zu besuchen. Die Kinder, denen wir dienten, führten ein viel glücklicheres Leben als wir, versklavt von unserem schrecklichen roten Diktator.

Heute hatte ich beschlossen zu handeln. Es hieß jetzt oder nie. Ich hatte Frau Weihnachtsmann in eine Falle gelockt unter dem Vorwand, dass ich ein Würstchenbrutzeln veranstalte. Jetzt lag sie tot vor unserem geheimen Gelände, versteckt in der arktischen Nacht. Aber ich musste mich meinem Erzfeind stellen.

Mir wurde klar, dass ich nicht lebend davonkommen würde. Mein Feind war ein mächtiges

> Ich war in Knechtschaft geboren worden. Ich wusste nicht einmal, wer meine Eltern waren. Das war die missliche Lage der Elfen, die in der geheimen arktischen Einrichtung des Roten Diktators arbeiteten.

Wesen mit der Fähigkeit, die Zeit anzuhalten, und fähig, Millionen von Geschenken in einer einzigen Nacht zu überbringen. Ich war lediglich ein vertraglich gebundener und machtloser Bediensteter.

Das war jetzt nicht mehr wichtig. Die Zeit war abgelaufen. Der Weihnachtsmann muss sterben!

Aufstieg und Fall von Melchriess.

*P*latsch*

Ein mit gelber Farbe gefüllter Wasserballon traf Schwester Cherise de Mont Blanc am Hinterkopf. Dadurch wurde ihr Gebet zu einer St.-Martins-Ikone an einem Wegkreuz in den französischen Alpen unterbrochen.

„Ha-ha. Du siehst aus wie eine Zitrone!", neckte der pubertierenden lokalen Schurken Jacque de Ville de Mer. „Vater, bitte gib mir die Kraft, den Dämon zurückzuhalten, der in mir lauert", murmelte Cherise. Sie wusste, dass ihre Gebete vergebens waren. Cherise war zur wichtigsten Exorzistin ihrer Region geworden, und sie hatte in den letzten Jahren Dutzende von Dämonen vertrieben. Entgegen der gängigen Meinung war dies kein Zeichen der göttlichen Gunst. Es bewies das Gegenteil. Cherises Begabung für den Exorzismus kam daher, dass ihr innerer Dämon so stark war.

„Schau nicht so wütend, Cherise. Es war

nur ein Spaß, und die Farbe geht leicht ab", scherzte Jacque.
Cherise holte tief Luft, antwortete aber nicht. Warum war es so schwer, den Dämon zu kontrollieren?

Jacque näherte sich Cherise und fing an, ihre Schürze zu lösen. „Also, Cherise. Lass mich dir helfen, diese feuchten Klamotten auszuziehen und gleichzeitig ein paar andere Stellen feuchter zu machen", erklärte Jacque verführerisch.
„Das sollten wir lieber nicht tun. Was, wenn uns jemand sieht?", wandte Cherise ein.
"Tsk, Tsk. Die Angst entdeckt zu werden, verleiht dem Ganzen eine zusätzliche Würze", kicherte Jacque.

Cherise gab nach, sie entfernte ihr Haarband und ließ ihre Haare runter. Es war an der Zeit, den inneren Dämon zu umarmen.

Jacque zog Cherise die Hose runter und vögelte sie, als ob er besessen wäre, was er ja auch war. Dafür war Cherises innerer Dämon verantwortlich. Als Jacque kam,

drehte sich Cherise um und riss Jacque mit ihren scharfen Zähnen die Kehle auf und tötete Jacque.

Das war der entscheidende Moment für die Freilassung der Dämonin Melchriess. Melchriess war die Dämonin des Partnermordes, und indem Cherise Jacque nach dem Sex getötet hatte, war sie in unsere Welt zurückgekehrt. Melchriess entzog Cherise ihre Lebenskraft, und sie ließ den leblosen nackten Körper neben dem von Jacque zurück.

„Wie kannst du es wagen, mein Heiligtum zu entweihen, du widerlicher Schurke?"

Melchriess drehte sich um. Wenige Meter hinter ihr war der Geist des Heiligen Martin erschienen.

„Bah, wie kann es ein niederer Geist wagen, mich zu belästigen?", höhnte Melchriess. „Du vergisst, wo du stehst. Dieser Schrein gibt mir Macht", antwortete Martin.

„Bah, der Schutzpatron der Armen, gegen die Dämonin des Partnermordes. Mach dich nicht lächerlich!", spottete Melchriess.

„Mitgefühl macht mich stark", verkündete Martin, als er die verwirrte Melchriess umarmte.

„Ich bin bereit, Herr!", flüsterte Martin. Ein Blitz traf seinen Körper, und vernichtete sowohl den Heiligen als auch den Dämon und ließ den Schrein einstürzen.

Und das habe ich, Michael de Baloo, gesehen, als der Herr unseren heiligen Schrein zerstörte.

> Als Jacque kam, drehte sich Cherise um und riss Jacque mit ihren scharfen Zähnen die Kehle auf und tötete Jacque.

Theokratie mit einem Silberstreif am Horizont

„**F**ünf, vier, drei ..."

„Warten Sie, ich sage Ihnen, was passiert ist!", flehte ich Schulleiterin Agnes an. „Okay, Sandra. Sag mir, was das für Pillen sind!", drängte Agnes.

Ich steckte in einem Dilemma. Unter dem großen Kleriker Mitchell Cent waren Verhütungsmittel in den USA illegal, da Sex nur zur Fortpflanzung erlaubt war. Das verhinderte jedoch nicht, dass Verhütungsmittel über die Grenzen geschmuggelt wurden und Kokain als den größten illegalen Import in die USA abgelöst hatten. „Das sieht nach Verhütungsmitteln aus. Das ist Gotteslästerung!", sagte Agnes anklagend.

Ich weinte. Ich brauchte Nähe und wollte mit meinem Freund Andrew schlafen, aber ich war erst 17 und ich durfte nicht schwanger werden. Ich träumte davon, aufs College zu gehen, zu reisen und für mich selbst zu sorgen. Ich hatte keine Lust, zu Hause zu bleiben, beschränkt auf das

Kinderkriegen, während die künstliche Intelligenz und die Automatisierung die ganze Arbeit in der Gesellschaft erledigten.

„Aber Schulleiterin Agnes, hatten Sie in Ihrer Jugend keinen Sex? War es nicht ein tolles Gefühl, den eigenen Körper für sich zu beanspruchen?", plädierte ich.
„Ja. Aber das war damals in den üblen Zeiten der bürgerlichen Freiheiten. Als der große Kleriker Cent an die Macht kam, haben sich die Dinge geändert. Wir haben erkannt, dass Sex außerhalb von Fortpflanzungszwecken ein Verstoß gegen die natürliche Ordnung ist. Deshalb haben wir die alten Gesetze durch das religiöse Dekret des Großklerikers ersetzt", enthüllte Agnes.
„Aber haben Sie den Sex in Ihrer Jugend nicht genossen, ohne die Sorge um eine Schwangerschaft?" fragte ich.

klatsch

Mein Gesicht brannte und wurde rot, als Agnes mich mit überraschender Wucht ohrfeigte. Obwohl sie über 70 Jahre alt war und gebrechlich aussah, schöpfte Schulleit-

erin Agnes viel Kraft aus ihrem religiösen Eifer. Ich biss mir auf die Zunge und befürchtete, dass sie zum Telefon greifen und mich der Religionspolizei melden würde. Stattdessen war ich überrascht, als Agnes zu weinen begann. Obwohl mich ihre Reaktion überraschte, konnte ich nicht anders, als meine alternde Peinigerin zu umarmen und sie zu trösten.

„Alles wird wieder gut", flüsterte ich.
„Früher war ich genau wie du", weinte Agnes.
„Erzählen Sie mir, was passiert ist?", ermutigte ich sie.
„Ich habe den Sex mit Verhütungsmitteln sehr genossen, bis ich 27 war. In diesem Alter wünschte ich mir Kinder mit meinem Mann John. Dann erfuhr ich von meinem Gebärmutterhalskrebs. Jetzt bin ich alt und allein und habe weder Kinder noch Enkelkinder. Das alles geschah nur, weil ich mich in meiner Jugend gottlos verhalten habe", verriet Agnes.
„Aber Sie müssen nicht alleine sein. Meine Großeltern sind tot. Sie können meine

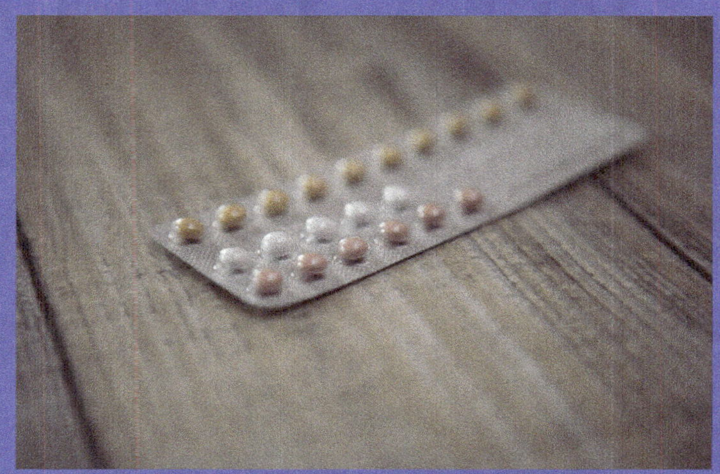

Adoptivgroßmutter sein", schlug ich vor.
„Würde dir das gefallen?", fragte Agnes.
„Ja, Andrew und ich würden gerne gemeinsam Sonntag zum Essen kommen", sagte ich begeistert.
„Gott segne euch! Endlich habe ich die Enkelin, die ich mir immer gewünscht habe. Ich werde euch Verhütungsmittel besorgen. Solange, wie wir jeden Sonntag beten", antwortete Agnes.

Ich nickte und lächelte. Obwohl ich nicht gerne betete, hatte Schulleiterin Agnes zugestimmt, mich zu beschützen, und vorerst konnte ich mein Leben genießen. Da war ein Silberstreif am Horizont.

„Ja. Aber das war damals in den üblen Zeiten der bürgerlichen Freiheiten. Als der große Kleriker Cent an die Macht kam, haben sich die Dinge geändert. Wir haben erkannt, dass Sex außerhalb von Fortpflanzungszwecken ein Verstoß gegen die natürliche Ordnung ist.

Jenga einmal anders.

„Nebeneinander angeordnete Züge sind der beste Weg, um Jenga Schwung zu bringen", erklärte ich, als ich einen Holzklotz aus dem riesigen Jengaspiel, das in der Mitte des Tisches stand, herauszog und ihn neben einen anderen Klotz stellte. „Wovon zum Teufel redest du da, Puta?", spöttelte das bolivianische Kartellmitglied Amanda Ramirez.

Ich betrachtete meine tätowierte Kapitänin. Sie hatte einen prallen Körper und einige coole Tattoos. Wäre da nicht die Machete in ihrer Hand, die in die Hose gesteckte Pistole und der grimmige Gesichtsausdruck gewesen, dann hätte ich gerne ein bisschen Bettgymnastik mit ihr gemacht.

Als Paula Puther, der Schwester des erfahrenen australischen Agenten Martin Puther, bin ich die Gefahr gewohnt. Ich bin aber noch nie zuvor auf diese Weise in Schwierigkeiten geraten.

Ich war in Bolivien und war spät dran für meine Bootstour auf dem Titicacasee, nachdem ich zu viel von der regionalen Spezialität, dem Salteñas-Gebäck, gegessen hatte. Sehr zu meinem Leidwesen verpasste ich das Boot. Als ich mir wegen meiner Gefräßigkeit und meinem schlechten Zeitmanagement in den Hintern trat, hörte ich aus einem nahegelegenen Club einige tolle Beats. „Vete maricon!", sagte Amanda, was aber offensichtlich nicht bedeutet: „Bitte kommen Sie herein, wir haben geöffnet."

Trotz unserer Sprachbarriere spielten wir schließlich Jenga, um uns die Zeit zu vertreiben. Amanda wartete auf die Anweisung ihres Chefs, ob sie mich töten sollte oder nicht, während ich darauf wartete, dass mein unwiderstehlicher Charme einsetzte. Ich hoffte, dass mein Charme dazu führen würde, dass wir miteinander ins Bett gingen, anstatt uns gegenseitig umzubringen.

Mein Charme schien an diesem Tag nicht sehr gut zu wirken, und der Turm war kurz davor, umzufallen. Wie konnte ich den Tag noch retten? Mir fiel ein, dass ich während des Coronavirus-Lockdowns Lucifer geschaut hatte, und ich beschloss, seinen charakteristischen Schachzug an meiner wütenden, aber sexy Entführerin auszuprobieren. Ich starrte in ihre Augen und fragte. „Amanda, verrate mir: Was wünscht du dir?" Ich starrte ihr mehrere Sekunden lang in die Augen und hoffte dabei auf die gewünschte Wirkung.

Es geschah jedoch nichts.
Mein starrer Blick machte Amanda wütend, und sie schrie: „Hör auf, mir in die Augen zu starren, Arschloch!"

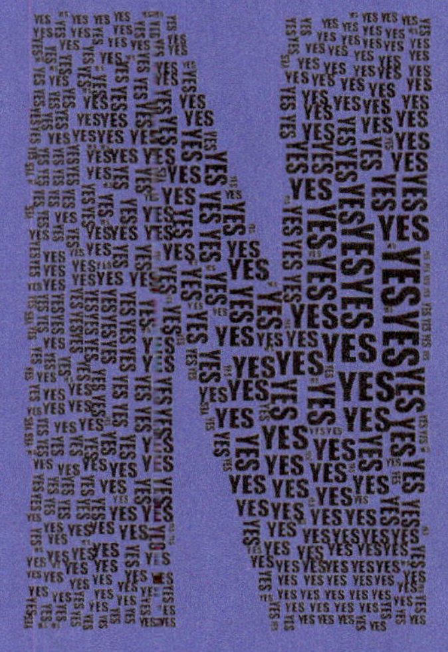
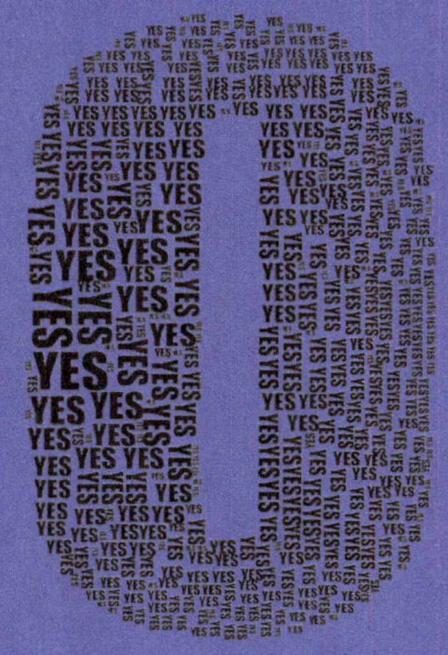

> Mein starrer Blick machte Amanda wütend, und sie schrie: „Hör auf, mir in die Augen zu starren, Arschloch!"

Ich wollte mich entschuldigen, wurde aber unterbrochen, als Amandas Chef sie anrief. Ich verstand nicht viel, als ich ihr Telefongespräch belauschte, aber ein Wort fiel mir auf: „Matarla".

Mir wurde bewusst, dass ich heute nicht mehr flachgelegt werden würde, und so beschloss ich, zu gehen. Als sie das sah, schlug Amanda mit ihrer Machete nach mir. Ich wich ihrem Schlag aus und stolperte mit ihr in das riesige Jenga-Spiel, welches über ihr zusammenbrach. Das schlug sie k.o., und ich war frei und konnte gehen. Eigentlich wollte ich ein nettes Mädchen sein und mich um meine überwältigte Feindin kümmern, aber dann wurde mir klar, dass ich es vorzog, hier lebend herauszukommen. Ich lief auf die Tür zu, und bevor ich hinausging, rief ich „Jenga!".

Von einer Beerdigung zur Hochzeit.

„**N**ein! Dominic, warum musstest du sterben?", rief Lisa aus und donnerte in der vollbesetzten Kirchenversammlung auf seinen Sarg.

Dominic Morell war ein berühmter Komiker, und Lisa hatte geglaubt, dass er nur scherzte, als er aus dem Krankenhaus anrief, um ihr mitzuteilen, dass er im Sterben lag. Er behauptete, er würde an der Virusgrippe sterben, die die Regierung eingesetzt habe, um die Kontrolle über die unwissenden Massen zu erlangen. Und nun stand sie hier, auf der Beerdigung ihres Verlobten. Das Schlimmste jedoch war, dass die Beerdigung am selben Tag stattfand wie ihre geplante Hochzeit.

Dominic hatte sich dies so gewünscht. Seine letzten Worte während des Zoom-Meetings waren: „Bitte nimm für meine Beerdigung unbedingt den von uns geplanten Tag für unsere Hochzeit.

Ich möchte die Kirche nicht zweimal bezahlen." Dominic war nach dem Erlass in 2020 von Scurry Morrissette „Menschen zum einsamen Sterben in der Isolation zwingen" allein in der Isolation gestorben.

Lisa räusperte sich und sah die anwesenden Freunde, Verwandten und Pressevertreter an. „Dominic war ein großartiger Mann und ich bin schockiert über seinen Tod. So etwas hätte nie passieren dürfen. Wir hatten vor, genau an diesem Tag zu heiraten." Lisa wimmerte und begann zu weinen. Die vielen Blitzlichter schmerzten in ihren Augen, und sie starrte mit leerem Blick auf die Menschenmenge.

„Hallo. Ich stecke ich hier irgendwie in der Klemme. Kann mich bitte jemand hier rausholen? Ich komme zu spät zu meiner Hoch-

zeit!", rief Dominic aus dem Inneren des Sarges.

Lisa war schockiert, aber als sie Dominics Stimme hörte, schöpfte sie neue Hoffnung. Sie schnappte sich eine Schere und schnitt das Band durch, das den Sarg umschloss. Lisa holte tief Luft. Sie hoffte, dass sie einen quicklebendigen Dominic mit einem albernen Grinsen sehen würde. Doch sie befürchtete, dass er vielleicht doch an der Virusgrippe gestorben war, und ihr als letzten Streich eine Tonaufnahme hinterlassen hatte.

Lisa öffnete den Sarg, und Dominic sprang mit einem breiten Grinsen auf. „Hallo Lisa, freust du dich auf unseren Hochzeitstag?", jubelte Dominic.

„Du lebst!! Aber wie ist das eigentlich passiert? Du wurdest positiv auf die Virusgrippe getestet, und als ich

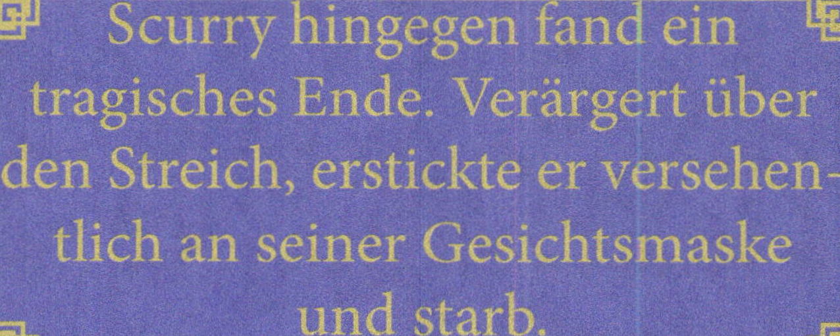

dich das letzte Mal sah, sahst du aus, als würdest du sterben?", fragte sich Lisa.
„Ja. Wie sich herausgestellt hat, war ich nur verkatert, und die Krankenschwester hat versehentlich eine Papaya-Frucht getestet", zwitscherte Dominic.

„Aber warum hast du deinen Tod vorgetäuscht?", fragte Lisa.
„Ich habe befürchtet, dass man versuchen würde, unsere Hochzeit zu verbieten. Aber ich wusste, dass man meine Beerdigung nicht verbieten würde. Also dachte ich mir, ich könnte allen einen Streich spielen, indem ich eine als Beerdigung getarnte Hochzeit organisiere", erklärte Dominic. „Das ist einfach genial. Deshalb liebe ich dich", rief Lisa aus und küsste Dominic.

Nach der Hochzeit lebten Lisa und Dominic viele Jahre glücklich zusammen. Scurry hingegen fand ein tragisches Ende. Verärgert über den Streich, erstickte er versehentlich an seiner Gesichtsmaske und starb.

> Scurry hingegen fand ein tragisches Ende. Verärgert über den Streich, erstickte er versehentlich an seiner Gesichtsmaske und starb.

Die Katze aus dem Sack lassen.

Mein Name ist Smokey und ich bin eine vierjährige Kätzin. Ich lebe mit John, dem exzentrischsten Menschen überhaupt zusammen. Alles, was er tut, ist auf seinen Computer zu starren und auf Knöpfe zu drücken. Es ist mir schleierhaft, wie er mit einem so trostlosen Leben zufrieden sein kann. Mein Leben ist viel aufregender. Essen ist reichlich vorhanden, und es gibt fünf perfekte Schlafplätze in Johns Wohnung. Was kann sich ein Mädchen mehr wünschen?

Mein einziges Problem mit meinem menschlichen Diener ist, dass er taub ist. Wenn ich von ihm etwas zu essen erbetteln will, dann trägt das meistens keine Früchte. Stattdessen muss ich mich gegen ihn schmiegen, um meinen Willen zu bekommen, etwas, das er oft als Schmusebedarf missversteht. Ha, lächerlich. Aber wie ich schon sagte, reichlich Essen und fünf bequeme Schlafplätze. Das Leben könnte schlimmer sein.

Ich erwachte aus einem erholsamen Nickerchen, als ich ein quietschendes Geräusch hörte. Es war eine Maus! Obwohl John es nie ausdrücklich gesagt hat, nahm ich an, dass das Töten von Mäusen ein Teil meiner Arbeit war.

Als ich mich auf die Maus zuschlich, hatte ich eine Eingebung; dieses Heranschleichen an eine Maus war der aufregendste Moment, den ich seit

Jahren erlebt hatte. Viel interessanter als John dabei zuzusehen, wie er auf seinen Computer starrt. Ich könnte mich mit der Maus anfreunden, damit wir jeden Tag Verstecken spielen können. Das würde meine verbleibenden acht Jahre viel interessanter machen, anstatt die Maus einfach zu töten.

Ich ging auf die Maus zu und sagte „Miau". Das war allerdings etwas undeutlich, denn ich wollte eigentlich sagen: „Hey, mein Name ist Smokey. Ich bin einsam und gelangweilt. Lass uns Freunde sein."

Die Maus sagte: „Piep piep" und rannte weg. Wie unfreundlich! Diese verdammten Mäuse haben keine Manieren. Ich hatte eine ordentliche Begrüßung erwartet!

Mir wurde klar, dass es eine gewisse Verständigungsbarriere zwischen unseren Spezies geben könnte. Es gab nur einen Weg, dies zu beheben. Der Maus nachjagen und sie festhalten, während ich meine Absichten erklärte. Es würde nicht ganz einfach sein, aber ich hatte nichts Besseres zu tun.

Gesagt und getan, jagte ich der Maus nach. Nach einer kurzen Verfolgungsjagd holte ich die Maus ein. Ich hielt sie mit meiner rechten Vorderpfote fest, zog meine Krallen ein, um sicherzugehen, dass ich meinen neu gefundenen Freund nicht verletzte. Ich sah der Maus in die Augen und

sprach.
„Miau miau."
„Piep, piep."
„Miau miau."

Nach unserem gescheiterten Gespräch stellte sich die Maus tot. Was für ein Witz. Ich konnte ihren Puls fühlen. Aber dann bekam ich Angst. Was, wenn ich die Maus aus Versehen getötet hatte? Ich nahm meine Pfote von der Maus, und ich erkannte, warum dies keine gute Idee war.

„* Beep * dich!", sagte die Maus, biss mir in die Nase und rannte weg.

Mir wurde klar, dass ich heute keinen neuen Freund finden würde. Es war an der Zeit, meine Arbeit zu tun und die Maus zu töten! Ich jagte der Maus nach, die in Johns Tasche sprang, um sich zu verstecken. Ich sprang hinter der Maus her, aber als ich in der Tasche war, kippte sie um, und sie verschloss sich von selbst. Peinlich.

„Miau, Miau, Miau", rief ich, aber ohne Erfolg, denn John war ja taub.
Andererseits steckte ich hier zusammen mit der Maus fest, und wir hatten genug Zeit, unsere kulturellen Unterschiede zu klären. Ich erfuhr, dass die Maus Squeaky hieß und dass sie 72 Kinder zur Welt gebracht hatte. Aber sie hatte sie alle in Asien zurückgelassen, als sie ein Containerschiff nach Australien bestieg.

Ich war etwas eifersüchtig, da die Maus so viele Kinder hatte, ich aber kein einziges. Andererseits brauchte ich nicht um mein Leben zu fürchten und aus Müllcontainern zu essen.

Schließlich nahm John die Tasche, in der ich mich befand, und ging zur Arbeit. Ich dachte kurz daran, die Tasche zu rütteln, um ihn auf meine Anwesenheit aufmerksam zu machen, aber ich entschied mich dagegen. Squeaky hatte ein derart interessantes Leben geführt, und ich konnte es gar nicht erwarten, endlich auch die Welt da draußen zu sehen!

Nach einer Weile stellte John die Tasche ab und ich konnte hören, dass er bei der Arbeit wie üblich auf eine Tastatur tippte. Dieser Mann führte so ein langweiliges Leben!

Nach einer Weile hörte ich eine weibliche Stimme: „John, kannst du in mein Büro kommen und mir deinen neuesten Prototyp zeigen?" John nahm seine Tasche und stellte sie auf einen Tisch. Er öffnete die Tasche und nahm Squeaky hoch, während er seine Vorgesetzte ansah. „Igitt! Was soll ich denn mit einer Maus?", schrie die Vorgesetzte.
„Oh! Was ist das?", rief John und warf Squeaky gegen die Wand. Ich stand auf, um mich zu vergewissern, dass es Squeaky gut ging.
„Miau Miau! (Kann jemand bitte einen Tierarzt rufen?)", miaute ich.

Aber es kam kein Tierarzt. Stattdessen kam eine Weile später ein Krankenwagen und brachte Johns Vorgesetzte ins Krankenhaus. Offensichtlich hatte Johns Vorgesetzte eine schwere Katzenallergie. Wer hätte das ahnen können?

Am Ende überlebten sowohl Squeaky als auch Johns Vorgesetzte die Strapazen. Jedoch verlor John wegen des Vorfalls seinen Job. Das bedeutete, dass er mehr Zeit hatte, mich zu streicheln und mir Gesellschaft zu leisten. Manchmal passieren auch schöne Dinge, wenn man die Katze aus dem Sack lässt.

> Am Ende überlebten sowohl Squeaky als auch Johns Vorgesetzte die Strapazen. Jedoch verlor John wegen des Vorfalls seinen Job.

Wenn Ihnen dieses Buch gefall-
en hat, können Sie sich gerne meine
anderen Bücher ansehen. Meine
Bücher sind in gedruckter Form, als
E-Books und als Hörbücher erhält-
lich.
Sie können mehr über meine Bücher unter www.martinlundqvist.

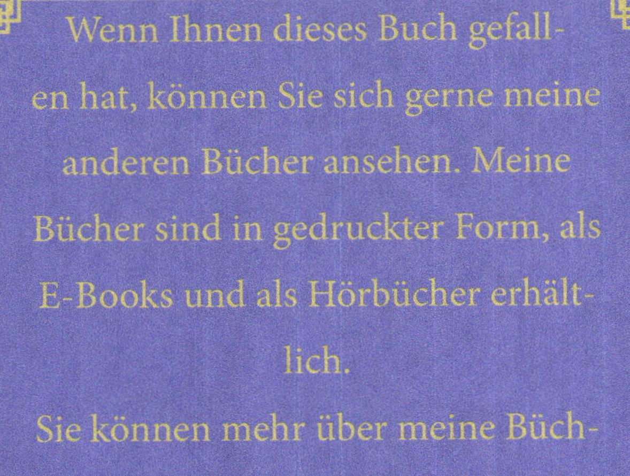

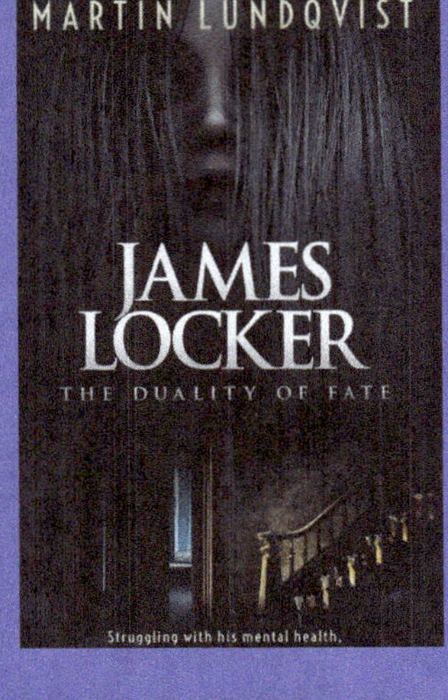

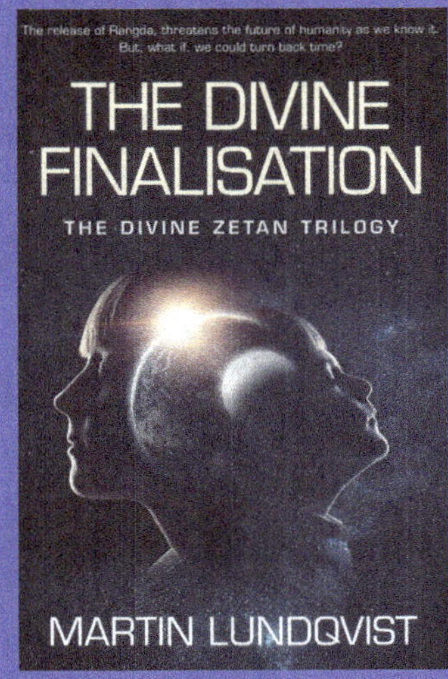